中国文化经典基础教育诵本

宋词精选

吴小晴 主编

黄河出版传媒集团
阳光出版社

图书在版编目（CIP）数据

宋词精选 / 吴小晴主编. —— 银川：阳光出版社，2016.8（2020.12重印）
（中国文化经典基础教育诵本）
ISBN 978-7-5525-2954-8

Ⅰ.①宋… Ⅱ.①吴… Ⅲ.①宋词–选集 Ⅳ.①I222.844

中国版本图书馆CIP数据核字(2016)第220164号

中国文化经典基础教育诵本　宋词精选　　　吴小晴　主编

责任编辑	陈建琼
封面设计	民谐文化
责任印制	岳建宁

黄河出版传媒集团
阳光出版社　出版发行

出 版 人	薛文斌
地　　址	宁夏银川市北京东路139号出版大厦（750001）
网　　址	http://www.ygchbs.com
网上书店	http://www.shop129132959.taobao.com
电子信箱	yangguangchubanshe@163.com
邮购电话	0951-5047283
经　　销	全国新华书店
印刷装订	河北燕龙印刷有限公司
印刷委托书号	（宁）0019196

开　本	710 mm×1000 mm　1/16
印　张	7.5
字　数	90千字
版　次	2016年11月第1版
印　次	2021年1月第2次印刷
书　号	ISBN 978-7-5525-2954-8
定　价	22.50元

版权所有　翻印必究

编者的话

古往今来,绵延五千年的中华文化,一直滋养着生生不息的华夏民族,多少仁人志士,在国学经典的引导激励下,谱写了一曲曲慷慨激昂的壮丽篇章。那些饱含圣贤宗师心血的经、史、子、集,历经发展和丰富,融入了中华民族的血脉,铸就了中华民族的脊梁,毋庸置疑地成为宝贵的文化遗产、浓缩的至理名言、永恒的精神食粮、深奥的智慧结晶。

这些国学经典,字字珠玑,篇篇隽秀。其中哲言警句、诗词寓言、成语典故、道德伦理、人文史话、风俗礼仪等无所不有。在全社会开展社会主义"八荣八耻"荣辱观教育的今天,在各学校努力培养德、智、体、美、劳复合型人才的同时,让学生捧读国学经典,和圣贤"对话",与古人"沟通",树立"天下为公"的理念,培育"爱我中华"的情衷,无疑具有深刻的现实意义和历史意义。

为此，我们精心汇编了易读、易记、易学、易用的国学启蒙教育丛书——《中国文化经典基础教育诵本》，共有《论语》《孟子》《尚书》《大学》《中庸》《礼记》《孝经》《诗经》《易经》《春秋左氏传》《三字经》《千字文》《弟子规》《增广贤文》《笠翁对韵》《幼学琼林》《唐诗精选》《宋词精选》十八册，旨在使少年儿童自幼养成仁慈博爱、乐施行善、孝亲敬师、包容宽厚、诚实守信、自强进取、好学勤劳、谦虚谨慎的传统美德。

另外，我们针对少年儿童心理、生理、能力、智力的特点，分别设立了"快乐诵""注译窗""博学角""智多星""七彩板"五个版块。并以其译文精确、故事贴切、图文并茂、寓意深刻等特色，极大地满足并迎合了少年儿童学以致用、模仿互动的需要。

亲爱的小读者：当你们看到"启明星"早早地在天边迎接太阳冉冉升起的时候，一定会明白我们编写这套丛书的初衷。但愿这颗"启明星"能与你们相随相伴、相融相通，帮助你们实现高品位、高质量的美好人生。

雨霖铃　柳永 \ 1

苏幕遮　范仲淹 \ 5

天仙子　张先 \ 8

浣溪沙　晏殊 \ 11

浪淘沙　欧阳修 \ 14

木兰花　宋祁 \ 17

桂枝香　王安石 \ 20

水调歌头　苏轼 \ 24

念奴娇赤壁怀古　苏轼 \ 28

谒金门示知命弟　黄庭坚 \ 32

望海潮　秦观 \ 35

天门谣登采石蛾眉亭　贺铸 \ 39

西河金陵怀古　周邦彦 \ 43

鹧鸪天西都作　朱敦儒 \ 47

采桑子　吕本中 \ 51

声声慢　李清照 \ 54

一剪梅　李清照 \ 57

临江仙夜登小阁忆洛中旧游　陈与义 \ 60

满江红　岳飞 \ 64

宋词精选

卜算子咏梅　陆游 \ 68

霜天晓角　范成大 \ 71

好事近七月十三日夜登万花川谷望月作　杨万里 \ 74

西江月阻风三峰下　张孝祥 \ 78

永遇乐京口北固亭怀古　辛弃疾 \ 81

青玉案元夕　辛弃疾 \ 86

点绛唇丁未冬，过吴松作　姜夔 \ 89

双双燕咏燕　史达祖 \ 92

清平乐五月十五日玩月　刘克庄 \ 97

唐多令　吴文英 \ 101

摸鱼儿酒边留同年徐云屋　刘辰翁 \ 104

虞美人听雨　蒋捷 \ 108

高阳台西湖春感　张炎 \ 111

雨霖铃

柳 永

寒蝉凄切,对长亭晚①,骤雨初歇。都门帐饮无绪②,留恋处,兰舟催发③。执手相看泪眼,竟无语凝噎④。念去去,千里烟波,暮霭沉沉楚天阔⑤。

多情自古伤离别,更那堪、冷落清秋节!今宵酒醒何处?杨柳岸、晓风残月。此去经年⑥,应是良辰好景虚设。便纵有千种风情⑦,更与何人说?

看看下面的注释,你就知道它是什么意思了!

①长亭:古代设在路旁的亭舍,作为行人休息

和饯别之用。

②都门帐饮：在京城(汴京)城门外设帐饯行。无绪：情绪不佳。

③留恋处：正恋恋不舍时。催发：兰舟上的船夫催着要开船。

④凝噎：因悲痛反而相对无语。

⑤去去：不断前行。暮霭：傍晚的云气。沉沉：深厚的样子。楚天：南方的天空。

⑥经年：一年又一年。

⑦纵：即便，纵然。

《雨霖铃》赏析

柳永，字耆卿，初名三变，福建崇安人。他一生仕途坎坷，到晚年才中进士。这首词就是他仕途失意，不得不离开汴京，前往浙江时"留别所欢"

的作品。

　　词是隋唐时兴起的一种合乐可歌、句式长短不齐的诗体。每首词都有一个曲调名，叫"词牌"。词牌规定着这首词的字数、句数和平仄声韵。词牌与内容没有必然的联系，所以有些词在词牌下另有标题或小序，表明主题或写作缘由。词大多分段，一段就是一个乐段，叫"片"或"阕(què)"，分两片的最为常见。词按字数可分为小令、中调和长调三种。

　　《雨霖铃》这首词以凄凉、冷落的秋天景色为衬托，抒写与恋人难以割舍的深情。

　　上阕写送别的情景，深刻而细致地表现分别的场面。

　　下阕写想像中的别后情景，表现了双方诚挚的感情。

　　全词如行云流水，写尽了人间离愁别恨。词人以白描手法写景、状物、叙事、抒情。感情真挚，词风哀婉。

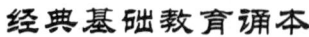

学一学

1. 古代大道上每五里设一个短亭，每十里设一个长亭，供行人休息，人们常在长亭送别。

2. 这首词中描写月色的著名句子是：今宵何处？杨柳岸、晓风残月。

每个人都需要倾诉。你的心里话一般会跟谁说呢？为什么？你经常为哪些事而烦恼？如何解决的？

苏幕遮

范仲淹

碧云天，黄叶地。秋色连波，波上寒烟翠。山映斜阳天接水，芳草无情，更在斜阳外。

黯乡魂①，追旅思②。夜夜除非，好梦留人睡。明月楼高休独倚，酒入愁肠，化作相思泪。

看看下面的注释，你就知道它是什么意思了！

①黯：内心凄怆。
②追旅思：丢不开羁旅的愁思。追，紧随。

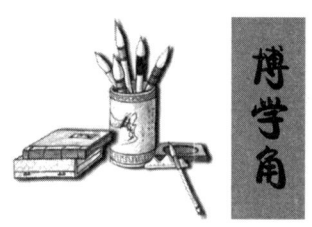

《苏幕遮》赏析

范仲淹(公元989—1052年),字希文,北宋著名的政治家、思想家、军事家和文学家,祖籍彬州(今陕西彬县),后迁居平江(今江苏吴县)。

这首词以低回婉转、沉雄刚健的笔触,抒写了怀乡思人之情。词的上阕写浓丽阔远的秋景,暗透乡思;下阕直抒思乡情怀。全词情景交融,真切感人。

想一想

1.这首词描绘了什么季节的景色?具体是通过哪些场景表现出来的?

2.在范仲淹的《岳阳楼记》中有一名句,被后人广为传诵。你知道是哪一句吗?

一年有春、夏、秋、冬四季,每季景致各不相同,带给我们的心理体验也不同。你最喜欢哪个季节?说说喜欢它的理由。

天仙子

时为嘉禾小倅①,以病眠,不赴府会

张 先

《水调》数声持酒听②,午醉醒来愁未醒。送春春去几时回?临晚镜,伤流景③,往事后期空记省④。

沙上并禽池上暝,云破月来花弄影。重重帘幕密遮灯,风不定,人初静,明日落红应满径⑤。

看看下面的注释,你就知道它是什么意思了!

①嘉禾小倅:张先曾做过嘉禾(今浙江嘉兴)通判。倅:古时地方官的副手。

②水调:曲调名。

③流景:流年。

④后期:后会的期约。记省:记得,明白。

⑤落红:落花。

《天仙子》赏析

张先(公元990—1078年),字子野,乌程(今浙江吴兴)人。

这首词是张先的佳作,也是宋词名作。此词内容平泛,描写作者在嘉禾做小官时的平常生活。

上阙侧重抒情,写作者在暮春时节难以排遣的惆怅。

下阙侧重写景,通过对暮春夜空的描绘,烘托伤春情怀。

全词字句凝练、含蓄,具有一种朦胧之美,特别是"云破月来花弄影",下字精美,意境高妙,成为千古传诵的名句。

说一说

　　用你的话说说"云破月来花弄影"的意思吧。并讲讲此句好在哪里？

　　你都去过哪些风景名胜？其中哪处风景让你印象最为深刻？请用简短而优美的语言描述出来。

 快乐诵

浣溪沙①

晏殊

一曲新词酒一杯,去年天气旧亭台,夕阳西下几时回?

无可奈何花落去②,似曾相识燕归来,小园香径独徘徊③。

 看看下面的注译,你就知道它是什么意思了!

①浣溪沙:唐教坊曲名,后用为词牌。浣,洗濯。

②无可奈何:不得已,没有办法。

③香径:花间小路。

《浣溪沙》赏析

晏殊(公元991—1055年),字同叔,临川(今江西临川)人。

这首词是晏殊写的最为脍炙人口的篇章。上阕通过对眼前景物的咏叹,思念过去;下阕则巧借眼前景物,着重写今日的感伤。

全词语言圆转流利,通俗流畅,清丽自然,意蕴深沉,启人神智,耐人寻味。"无可奈何花落去,似曾相识燕归来"二句工巧而流丽,风韵天然,富有哲思,被广为传诵。

想一想

在古代诗词中,有许多名句含有"燕"字,比如:"无可奈何花落去,似曾相识燕归来。"那么,你还知道哪些含有"燕"字的名句呢?

我们都讲时间的极其宝贵,但实际上却又毫不吝啬地挥霍时光。谈谈你对这个问题的看法。

浪淘沙

欧阳修

把酒祝东风,且共从容①。垂杨紫陌洛城东②,总是当时携手处,游遍芳丛③。

聚散苦匆匆,此恨无穷。今年花胜去年红,可惜明年花更好,知与谁同?

看看下面的注释,你就知道它是什么意思了!

①从容:此处为流连游赏之意。

②紫陌:京城郊外的道路。刘禹锡诗:"紫陌红尘拂面来,无人不道看花回。"

③芳丛:花丛。

《浪淘沙》赏析

欧阳修(1007—1072年),字永叔,号醉翁,晚年又号六一居士,庐陵(今江西吉安)人。这首词为明道元年(1032年)春,欧阳修与朋友梅尧臣在洛阳城东旧地重游有感而作。

此词伤时惜别,抒发了人生聚散无常的感叹。上阕叙事,下阕抒情。全词层层推进,脉络明晰;语言流畅清丽,自然明快;言到情出,情感深沉。

想一想

《醉翁亭记》中有句"醉翁之意不在酒,在乎山水之间也"。意思是说醉翁的真意不在喝酒,而在于欣赏山里的风景。你知道这里的"醉翁"指的是谁吗?你还能说出他的其他代表性作品吗?

酒文化是极具中国特色的一种习惯,逢年过节或庆祝聚会很多人都会喝上一点酒。现如今,随着生活水平的提高,各种各样的酒也不断涌出,谈谈你都知道哪些酒。

木兰花

宋祁

东城渐觉风光好，縠皱波纹迎客棹①。绿杨烟外晓云轻，红杏枝头春意闹②。
浮生长恨欢娱少，肯爱千金轻一笑③？为君持酒劝斜阳，且向花间留晚照。

 看看下面的注释，你就知道它是什么意思了！

①縠皱波纹：如绉纱般的细波纹。縠：有皱纹的纱。棹：船桨，这里代指船。

②闹：喧闹，浓盛。

③肯爱：怎么肯吝惜。爱：吝惜。

《木兰花》赏析

宋祁(公元998—1061年),字子京,安州安陆(今属湖北)人。这首词是当时传诵的名篇,作者因此而获得"红杏枝头春意闹尚书"的雅号。

上阕描绘春天的绚丽景色。词的开头就点明了"风光好"的景物特点。继而又从水、树、花三个方面将"风光好"具体化。最后一句的"春意闹",更使人感到春意盎然,生机勃勃。

下阕侧重抒情,以"千金"与"一笑"的鲜明对比抒发作者对人生的感悟。"为君"二句更体现出对春意的眷恋。

想一想

对这首词中"红杏枝头春意闹"的"闹"字,晚清国学大师王国维在他的《人间词话》中大加赞誉,称:"著一'闹'字,而境界全出。"你认为"闹"字好在哪里?

快乐是人生之本。谈谈你是如何让自己快乐的,同时你是怎样和别人分享快乐的。

桂枝香

王安石

登临送目,正故国晚秋,天气初肃①。千里澄江似练,翠峰如簇②。归帆去棹斜阳里,背西风,酒旗斜矗。彩舟云淡,星河鹭起,画图难足③。

念往昔,繁华竞逐,叹门外楼头④,悲恨相续。千古凭高,对此漫嗟荣辱⑤。六朝旧事如流水⑥,但寒烟,衰草凝绿。至今商女,时时犹唱,《后庭》遗曲⑦。

看看下面的注释,你就知道它是什么意思了!

①故国:指金陵,南朝旧都。肃:肃爽,指深

秋的气候。

②江：长江。练：白绢。簇：箭头。

③星河：银河，这里比喻长江。难足：难以完全描绘出来。

④繁华：指六朝统治者骄奢淫逸的生活。逐：追逐。门外楼头：指隋灭陈。杜牧《台城曲》："门外韩擒虎，楼头张丽华。"

⑤漫：徒然。嗟：感叹。荣辱：兴衰。

⑥六朝：指吴、东晋、宋、齐、梁、陈。

⑦商女：歌女。《后庭》遗曲：指陈叔宝所作《玉树后庭花》，为亡国之音。

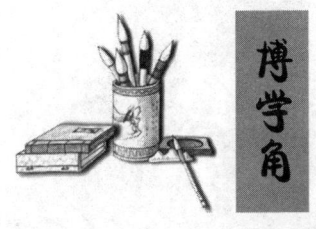

《桂枝香》赏析

王安石(1021—1086年)，字介甫，号半山，江西临川(今江西抚州)人，世称临川先生。

这首词是王安石的代表作。词的上阕描绘金陵

山河的清丽景色，大笔挥洒，气象宏阔。下阕对六朝统治者骄奢淫逸，亡国覆辙相蹈的可悲历史发出感叹，并寓谴责之意，又暗含伤时之慨。全词情景交融，沉郁悲壮。

连一连

五朝古都 ———————— 北京

六朝古都 ———————— 南京

七朝古都 ———————— 开封

九朝古都 ———————— 洛阳

谈谈你的家乡，说说那里的风土人情、历史文化、地理特征、饮食习惯，并且试着和同学们就此主题开一个小型讨论会。

水调歌头

丙辰中秋,欢饮达旦,
大醉,作此篇,兼怀子由。

苏轼

明月几时有?把酒问青天。不知天上宫阙,今夕是何年。我欲乘风归去,又恐琼楼玉宇①,高处不胜寒②。起舞弄清影,何似在人间?

转朱阁,低绮户,照无眠③。不应有恨,何事长向别时圆?人有悲欢离合,月有阴晴圆缺,此事古难全。但愿人长久,千里共婵娟④。

看看下面的注释，你就知道它是什么意思了！

①琼楼玉宇：指月中宫殿。
②不胜：受不了。
③绮户：雕花的门窗。无眠：指失眠之人。
④婵娟：传说中月里的嫦娥，此指月色。

《水调歌头》赏析

苏轼(1037—1101年)，字子瞻，号东坡居士，眉山(今四川眉山)人。这首脍炙人口的中秋词，作于宋神宗熙宁九年(1076年)的中秋节，为作者怀念弟弟苏辙之作。

这首词运用形象描绘和想像的手法，紧紧围绕中秋之月展开描写、抒情和议论，从天上与人间、

月与人、空间与时间这些相联系的范畴进行思考,把自己对兄弟的感情升华到探索人生乐观与不幸的哲理高度,表达了作者乐观旷达的人生态度和对生活的美好祝愿、无限热爱。

上阕表现词人由超尘出世到热爱人生的思想活动,侧重写天上。

下阕融写实为写意,化景物为情思,表现词人对人世间悲欢离合的解释,侧重写人间。

全词构思奇特,独辟蹊径,极富浪漫主义色彩。

背一背

明月几时有,把酒问青天。不知天上宫阙,今夕是何年。

人有悲欢离合,月有阴晴圆缺,此事古难全。但愿人长久,千里共婵娟。

你知道每年的农历八月十五是什么日子吗?这一天,人们有什么活动?你都知道哪些描写八月十五的文学作品?

念奴娇
赤壁怀古

苏轼

大江东去,浪淘尽,千古风流人物①。故垒西边,人道是、三国周郎赤壁②。乱石穿空③,惊涛拍岸,卷起千堆雪。江山如画,一时多少豪杰。

遥想公瑾当年,小乔初嫁了④,雄姿英发。羽扇纶巾,谈笑间、樯橹灰飞烟灭⑤。故国神游,多情应笑我,早生华发⑥。人生如梦,一尊还酹江月⑦。

看看下面的注释，你就知道它是什么意思了！

①大江：指长江。风流人物：为人所仰慕的杰出人物。

②故垒：旧时的营垒。周郎赤壁：周瑜破曹操的赤壁。

③乱石穿空：陡峭不平的石壁直插天空。

④公瑾：周瑜的字。小乔：周瑜的妻子。

⑤纶巾：有青丝带的头巾。樯：挂帆的桅杆。橹：大船桨。樯橹：这里代指曹操的水军。

⑥故国：指赤壁古战场。华发：花白的头发。

⑦尊：通"樽"，酒杯。酹：祭奠时把酒浇在地上或水上。

《念奴娇》赏析

这首词是苏词豪放风格的代表作。此词以赤壁怀古为主题,将奔腾浩荡的大江波涛、波澜壮阔的历史风云和千古而来的风流人物,酣畅淋漓地泼墨挥写于大笔之下,抒发了作者宏伟的政治抱负和豪迈的英雄气概。

上阕重在写景,将时间和空间的距离紧缩集中到三国时期的风云人物身上。

下阕由"遥想"领起五句,塑造了青年将领周瑜的形象。以下三句,由凭吊周瑜而联想到作者自身,表达了词人壮志未酬的郁愤和感慨。

全词气势磅礴,格调雄浑,境界宏大。

读一读,说一说

还记得电视剧《三国演义》的主题曲吗?实际上,它是出自明代杨慎的《临江仙·滚滚长江东逝水》,请同学们读一读并解释一下它的含义:

滚滚长江东逝水,浪花淘尽英雄。是非成败转头空。青山依旧在,几度夕阳红。

白发渔樵江渚上,惯看秋月春风。一壶浊酒喜相逢。古今多少事,都付笑谈中。

你知道"赤壁之战"的故事吗?讲给同学们听听吧。并且试着分析,拥有强大力量的曹操为什么会失败。

谒金门
示知命弟①

黄庭坚

山又水,行尽吴头楚尾②。兄弟灯前家万里,相看如梦寐③。

君似成蹊桃李④,入我草堂松桂⑤。莫厌岁寒无气味,余生今已矣。

 看看下面的注释,你就知道它是什么意思了!

①知命:指黄庭坚的弟弟黄叔达,字知命。

②吴头楚尾:江西的代称。处吴之上游,楚之下游,故称"吴头楚尾"。

③相看如梦寐:杜甫《羌村三首》:"夜阑更秉烛,相对如梦寐。"

④成蹊桃李:《史记·李将军列传》中有"桃李不

言,下自成蹊"之句,这里借以称赞其弟知命。

⑤草堂:指黄庭坚所居之开元寺。松桂:比喻环境荒寂。

《谒金门》赏析

黄庭坚(1045—1105年),字鲁直,号山谷道人,洪州分宁(今江西修水)人。

宋哲宗绍圣三年(1096年),黄庭坚被贬谪(zhé)到黔州(今四川彭水)。他的弟弟黄叔达得知消息后,便到黔州陪伴其生活。黄庭坚深深感到他们兄弟之间的患难真情,于是写下了这首《谒金门》。

上阙写弟弟黄叔达远道而来。开头两句交代弟弟行程的遥远和艰难,衬托兄弟间的深情厚意。接着,写兄弟相见的惊喜。

下阙头两句赞美弟弟的品格,最后是对眼下处境的感慨。

全词直抒情怀,语言质朴,格调雄浑。

说一说

在这首词中,引用一个有名的典故,那就是"桃李不言,下自成蹊"。你知道这句话的意思吗?它称赞的是历史上的哪一位名人?关于这位名人的故事你又了解多少呢?

你家里有哪些成员呢?请用简短的语言把他们介绍一下吧。

望海潮

秦 观

梅英疏淡①，冰澌溶泄②，东风暗换年华。金谷俊游③，铜驼巷陌④，新晴细履平沙。长记误随车⑤，正絮翻蝶舞，芳思交加⑥。柳下桃蹊，乱分春色到人家。

西园夜饮鸣笳⑦，有华灯碍月，飞盖妨花⑧。兰苑未空⑨，行人渐老，重来是事堪嗟，烟暝酒旗斜⑩。但倚楼极目，时见栖鸦。无奈归心，暗随流水到天涯。

看看下面的注释，你就知道它是什么意思了！

①梅英：梅花。疏淡：花稀色淡。

②冰澌溶泄：冰块融化流动。

③金谷：金谷园，在今河南洛阳市西北。俊游：游览胜地。

④铜驼：铜驼街，因汉代洛阳王宫门外设铜铸骆驼两座而得名。巷陌：街道。

⑤误随车：无意中尾随陌生少女的车子。

⑥芳思交加：春天引发复杂的情思。

⑦西园：泛指园林。笳：胡笳，乐器名。

⑧飞盖：飞驰的车。

⑨兰苑未空：园林仍未荒芜。

⑩是事：事事。烟暝：烟霭弥漫的黄昏。

《望海潮》赏析

秦观(1049—1100年),字少游,号淮海居士,高邮(今江苏高邮)人。这首词是秦观重游洛阳,由感而作。

此词抒写今昔之慨,由今感昔,又由昔慨今,错综交织,而以怀旧为主。词中极力陈述过去的欢乐,句法丽密,而眼前的凄清寥落,却只以疏笔借景物点染,形成强烈对照,感人至深。词中"柳下桃蹊"几句,把绚烂的春色、无处不在的春光,渲染得十分真切动人,充满了生机。全词典雅清丽,温婉平和。

想一想

1. 这首词写了什么季节的景色？你是如何看出来的？

2. 黄庭坚、秦观、晁补之、张耒号称"苏门四学士"。你知道这里的"苏门"说的是哪位名人吗？

你喜欢春天吗？请写一篇赞美春天的抒情散文吧。和同学样比一比看谁写得好。

天门谣①
登采石蛾眉亭

贺 铸

牛渚天门险，限南北、七雄豪占②。清雾敛，与闲人登览。

待月上潮平波滟滟③，塞管轻吹新阿滥④。风满槛，历历数、西州更点⑤。

看看下面的注释，你就知道它是什么意思了！

①天门：天门山，在当涂西南三十里，有二山夹大江，故名。

②七雄豪占：由于天门山险要，为兵家必争之地。七雄指吴、东晋、宋、齐、梁、陈及南唐。

③滟滟：水波荡漾的样子。

④塞管：泛指塞外民族的管乐器。阿滥：笛曲，即《阿滥堆》。

⑤西州：故地在今南京。

《天门谣》赏析

贺铸(1052—1125年)，字方回，号庆湖遗老，卫州(今河南辉县)人。这首词为登览感怀之作。

上阕通过对牛渚天门这一特殊的风景的描绘，抒发作者怀古情怀。"七雄豪占"的军事要塞，如今竟发生了戏剧性的变化，成了"闲人登览"的游赏之地。通过这一巨大变迁的描写，读者不难从中领悟到江山守成在德政人和而不在险要地理的历史经验教训。

　　下阙是登临中的所思,是想像夜晚的景致:看江上波光,听管笛轻吹;甚至极度夸张,还能数六朝故都西州(代指金陵)方向传来的更鼓声。在这客观景物的描述中,词人不是直抒胸臆(yì),和盘托出,而只是寄予意象内,让读者去细心回味罢了。这种含蓄蕴藉的艺术效果,令人感叹不已。

说一说

1.通过学习这首词,你有什么感悟?可以和同学们交流一下。

2.我国有许多古代遗址,比如湖北的赤壁、四川的都江堰,你还知道有哪些吗?请列举三个。

你都知道我国的哪些著名景点?其中最令你向往的是哪个?你喜欢它的理由是什么?

西 河

金陵怀古

周邦彦

佳丽地,南朝盛事谁记①?山围故国绕清江,髻鬟对起。怒涛寂寞打孤城,风樯遥度天际②。

断崖树,犹倒倚,莫愁艇子曾系③。空余旧迹郁苍苍,雾沉半垒。夜深月过女墙来,伤心东望淮水④。

酒旗戏鼓甚处市?想依稀,王谢邻里,燕子不知何世,入寻常巷陌人家,相对如说兴亡,斜阳里⑤。

 看看下面的注释,你就知道它是什么意思了!

①佳丽地:指金陵(今南京)。谢朓《入朝曲》:"江南佳丽地,金陵帝王州。"南朝:此指建都于金陵的吴、东晋、宋、齐、梁、陈等朝代。盛事:繁华。

②故国:故都,指金陵。清江:指长江。髻鬟:古代妇女的发髻。孤城:指金陵。风樯:指帆船。度:过。刘禹锡《石头城》:"山围故国周遭在,潮打空城寂寞回。"

③莫愁:南朝一女子之名。古乐府《莫愁乐》:"莫愁在何处?莫愁在城西。艇子打两桨,催送莫愁来。"

④女墙:城上的小墙。淮水:指秦淮河。刘禹锡诗:"淮水东边旧时月,夜深还过女墙来。"

⑤"想依稀"五句:刘禹锡《乌衣巷》:"朱雀桥边野草花,乌衣巷口夕阳斜。旧时王谢堂前燕,飞入寻常百姓家。"王谢:东晋时两大家族,住在乌衣巷。

《西河》赏析

周邦彦（1056—1121年），字美成，号清真居士，钱塘(今浙江杭州)人。

这是一首怀古之作。作者即景抒情，追怀过去，抒发了世间沧桑和物是人非的感叹。

上阕写金陵的地理形势。词人通过对景物的描绘，极力渲染这些历史遗迹遭遇着冷落，正在被遗忘，与上文"谁记"相应，抒发了深沉的怀古之情。

中片写金陵的古迹，旨在引出下阕怀古的感慨。

下阕写眼前景物。由眼前景物引起对金陵古都朝代更替的无限兴亡之感，从而表达出咏史的题意。

全词气韵沉雄，苍凉悲壮，浑然天成。

想一想

1. 这首词中除了写"山围故国",还写了哪些景象?

2. 南京在我国古代有许多名称,比如建业、建康、江宁、集庆、应天。在这首词中也有一个词语指的是南京,你知道是哪个词语吗?

你知道南京是属于哪个省吗?能不能说出一些与南京有关的重大历史事件呢?

鹧鸪天①
西都作②

朱敦儒

我是清都山水郎③,天教分付与疏狂④。曾批给雨支云券,累上留云借月章⑤。

诗万首,酒千觞⑥。几曾着眼看侯王?玉楼金阙慵归去⑦,且插梅花醉洛阳。

看看下面的注释,你就知道它是什么意思了!

①鹧鸪天:此调取名于唐人郑嵎诗句"春游鸡鹿塞,家在鹧鸪天"。又名《思越人》《思佳客》等。

②西都:指洛阳。宋时称洛阳为西京。

③清都:传说中天帝的居处。山水郎:为天帝管理山水的郎官。

④疏狂:狂放不羁。

⑤累:再三。章:指上呈天帝的奏章。

⑥觞:古代盛酒的容器。

⑦玉楼金阙:指汴京的宫殿。

《鹧鸪天》赏析

朱敦儒(1081—1159年),字希真,洛阳(今属河南)人。

这首词是作者早期的代表作,表达了他傲视权贵、寄情山水的疏狂个性。

上阕写作者不乐尘世、流连山水的处世态度,塑造了一个天官浪子的形象。

下阕坦率表露对世间功名利禄的鄙视。作者连天上的"玉楼金阙"都懒得归去,怎么会去正眼看俗世的权贵。只有洛阳的梅花才让作者留恋。这里以"插梅"体现作者的高贵品格。

全词想像奇特、大胆,充满了浪漫主义色彩。

说一说

　　学完这首词,你有什么体会?并想一想这首词的风格和唐朝的哪一位著名诗人的诗歌风格相似?他有哪些代表作品?

　　夸张的艺术手法不仅在文学作品中使用,一些影视剧及动漫节目中也大量地使用了它。试举几个你所熟悉的这方面的节目。

采桑子

吕本中

恨君不似江楼月,南北东西。南北东西,只有相随无别离。

恨君却似江楼月,暂满还亏①。暂满还亏,待得团圆是几时?

看看下面的注释,你就知道它是什么意思了!

①满:指月圆。亏:指月缺。

《采桑子》赏析

吕本中(1084—1145年)，原名大中，字居仁，世称东莱先生，寿州(今安徽寿县)人。

这首词从"江楼月"联想到人生的聚散离合。上阕写作者四处漂泊，经常在月下思念君(指他的妻子)，这时只有月亮来陪伴他。下阕借月的"暂满还亏"，比喻他跟君的暂时相聚却又要别离。此词采用白描手法，具有鲜明的民歌色彩。全词通俗易懂，流转自如。风格和婉，意蕴无穷。

想一想

照样子说成语,要求成语里有一对反义词。例如:"弄假成真"中"假"和"真"是一对反义词。

中国古代文人描写月亮的诗词数不胜数,找出你认为写的好的把它们记下来,看谁记的多。

声声慢

李清照

寻寻觅觅，冷冷清清，凄凄惨惨戚戚①。乍暖还寒时候，最难将息②。三杯两盏淡酒，怎敌他、晚来风急。雁过也，最伤心，却是旧时相识。

满地黄花堆积，憔悴损，如今有谁堪摘。守着窗儿，独自怎生得黑③？梧桐更兼细雨，到黄昏、点点滴滴。这次第④，怎一个愁字了得？

看看下面的注释，你就知道它是什么意思了！

①戚戚：愁苦的样子。这三句的境界是逐层深

入的。

②乍:突然。将息:调养,保养。

③怎生:怎样,怎么。

④次第:光景,情况。

《声声慢》赏析

李清照(1084—1155年),自号易安居士,济南章丘(今属山东)人,南宋著名女词人。

这是李清照南渡以后写的一首震动词坛的名作。词中通过对残秋景象层层的描述,抒发作者国破家亡、天涯沦落的悲苦。

上阕从一个人寻觅无着,写到酒难浇愁,表现出了无所寄托的失落感;风送雁声,反而增加了思乡的惆怅。

下阕转入写自家庭院,触景生情。

全词语言朴实,节奏急促,情调凄婉,动人心弦。

找一找

这首词中有一处巧妙地运用了叠字,表达出了恍惚、寂寞、悲伤三种境界。请用笔在原文中划出来。

"黄花"指的就是菊花,你知道菊花一般是在几月份开放吗?你喜欢菊花吗?

试着描述一下菊花。

一剪梅

李清照

红藕香残玉簟秋①。轻解罗裳,独上兰舟②。云中谁寄锦书来③?雁字回时④,月满西楼。

花自飘零水自流。一种相思,两处闲愁。此情无计可消除,才下眉头,却上心头。

看看下面的注释,你就知道它是什么意思了!

①红藕:荷花。玉簟:光华如玉的席子。秋:凉意。

②兰舟:木兰舟。相传鲁班曾刻木兰树为舟,

后用作船的美称。

③锦书：书信。

④雁字：雁群飞时排成"一"字或"人"字形，故称"雁字"。

《一剪梅》赏析

这首词是李清照为怀念自己的丈夫赵明诚所作。

上阕描述了作者与丈夫别离后，神不守舍、冷清孤寂的样子。心里无时无刻不在挂念着丈夫，盼望他从远方寄来"锦书"，与自己团聚。

下阕以花落水流比拟丈夫离开自己以后的寂寞寥落之感，直抒相思与别愁。

全词以浅近明白的语言，表达深思挚爱之情，缠绵感人。

背一背

一种相思,两处闲愁。此情无计可消除。才下眉头,却上心头。

你给别人写过信吗?你知道信的格式吗?共分几个部分?现在又有了新的写信方式,即e-mail,你申请了电子邮箱吗?发过信吗?

比较传统书信和电子邮件的区别。

临江仙
夜登小阁忆洛中旧游①

陈与义

忆昔午桥桥上饮②,坐中多是豪英③。长沟流月去无声④,杏花疏影里,吹笛到天明。

二十余年如一梦,此身虽在堪惊⑤。闲登小阁看新晴⑥,古今多少事,渔唱起三更⑦。

看看下面的注释,你就知道它是什么意思了!

①洛中:今洛阳。
②午桥:桥名,在洛阳县南十里。

③豪英:出色的人物。

④长沟流月:月光随着河中的流水悄悄地消逝。

⑤"此身"句:说自己虽幸存,但想起世事的变迁,仍不免心惊肉跳,感慨不已。

⑥新晴:雨后的晴天。这里指月色。

⑦"古今"二句:古往今来的是非成败,都已化作夜晚渔夫的歌声。

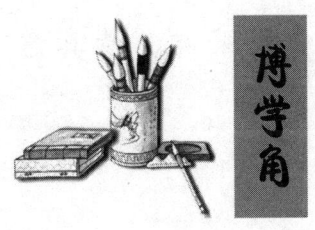

《临江仙》赏析

陈与义(1090—1138年),字去非,号简斋,洛阳人。

这首词是作者南渡临安后所写的感怀之作。

上阕回忆在洛阳午桥宴饮的情景。开头两句把时间和地点推回到二十多年前的洛阳,交代参加宴

饮的都是英豪之士；接着交代宴饮的环境，"长沟流月""杏花疏影"是何等的雅致，何等的诗情画意。"吹笛到天明"一句，写尽宴饮的盛况和英才们的豪情。

下阕写如今的感叹。二十多年来，作者经历贬官、逃难等艰辛来到临安，这一切犹如一场噩梦，所以说"此身虽在堪惊"。末尾两句将古今兴亡，尽付与渔夫的歌声之中。

此词上阕清新自然，下阕沉郁凄凉，上下阕境界迥异，相应相照。全词在豪放中见深婉，情真意切。

背一背

下面都是含"如"字的成语,请记住它们。

如火如荼　　如胶似漆

如法以制　　如鱼得水

如出一辙　　如临大敌

如芒在背　　如日中天

每个人都会害怕一些东西或者事情,你最害怕什么?通常你是如何克服自己的恐惧心理的?

满江红

岳飞

怒发冲冠,凭阑处、潇潇雨歇①。抬望眼、仰天长啸,壮怀激烈。三十功名尘与土,八千里路云和月②。莫等闲、白了少年头,空悲切③。

靖康耻④,犹未雪;臣子恨,何时灭。驾长车踏破、贺兰山缺⑤。壮志饥餐胡虏肉,笑谈渴饮匈奴血。待从头、收拾旧山河,朝天阙⑥。

看看下面的注释,你就知道它是什么意思了!

①怒发冲冠:形容愤怒至极。凭:倚靠。潇潇:

形容雨势急骤。

②三十：此时岳飞已三十多岁，这里取其整数。尘与土：指把个人的功名视若尘土。八千：泛指征途的漫长。云和月：指披星戴月，夜以继日地行军战斗。

③"莫等闲"二句：切不要轻易地让青春虚度，等到满头白发，再懊悔悲伤也是枉然。等闲：轻易，随便。

④靖康耻：靖康是宋钦宗年号。宋钦宗靖康二

年(1127年),金兵攻陷汴京,虏走徽、钦二帝。

⑤贺兰山:在今宁夏回族自治区。缺:山口。

⑥朝天阙:朝见皇帝。天阙,皇帝的宫殿。

《满江红》赏析

岳飞(1103—1142年),字鹏举,相州汤阴(今属河南)人,南宋名将。

这首词是千古传诵的爱国名篇。词的上阕抒发作者满腔热血、为国立功的豪气。下阕抒写了作者重整山河的决心和报效朝廷的忠心。

全词感情慷慨悲凉,音调激越高亢。陈廷焯《白雨斋词话》评论这首词说:"何等气概!何等志向!千载下读之,凛凛有生气焉。'莫等闲'二语,当为千古箴铭。"

背一背

怒发冲冠,凭阑处、潇潇雨歇。抬望眼、仰天长啸,壮怀激烈。

靖康耻,犹未雪;臣子恨,何时灭。驾长车踏破、贺兰山缺。

"岳母刺字"的故事流传千古,"精忠保国"四个字成为每一个龙的传人的精神品质。试着谈谈你所知道的民族英雄及他们的感人事迹。

卜算子
咏梅

陆游

驿外断桥边①,寂寞开无主。已是黄昏独自愁,更著风和雨②。

无意苦争春,一任群芳妒③。零落成泥碾作尘④,只有香如故。

看看下面的注释,你就知道它是什么意思了!

①驿:驿站,旧时指外出时休息、住宿的店铺。

②更著:又加上。

③一任:任凭,不在乎。群芳:普通的花卉。

④碾:轧碎。

《卜算子》赏析

陆游(1125—1210年),字务观,号放翁,山阴(今浙江绍兴)人。

这是一首托物言志的词作。作者以梅花象征自己的孤高与劲节。词的上阕写梅花的遭遇,用"驿外断桥边""黄昏""风和雨"来烘托。下阕写梅花的品格,托梅寄志,表现出作者不争宠、不逢迎、光明磊落、坚贞不屈的高贵品格。

读一读,想一想

梅 花

王安石

墙角数枝梅,凌寒独自开。

遥知不是雪,为有暗香来。

说说陆游的这首词和王安石的这首诗写了梅花哪些品格?

宋人周敦颐有一篇《爱莲说》,赞美了荷花"出淤泥而不染"的清高品质。试着比较荷花和梅花,分析二者品性的区别。

 快乐诵

霜天晓角

范成大

晚晴风歇,一夜春威折①。脉脉花疏天淡②,云来去,数枝雪。

胜绝,愁亦绝③,此情谁共说。惟有两行低雁,知人倚,画楼月。

 看看下面的注释,你就知道它是什么意思了!

①春威:春寒的威势。折:指春寒摧折梅花。

②脉脉:深含感情的样子。

③"胜绝"句:景色极美,人也极愁苦。

《霜天晓角》赏析

范成大(1126—1193年),字致能,号石湖居士,吴县(今属江苏)人。

这首词以"梅"为题,写出了作者怅惘孤寂的愁怨。

上阕写早春寒梅。作者用疏笔淡墨写了梅花的多情,淡蓝的天空中悠悠飘过几片浮云,与地面几枝白梅以悠情遥相呼应,真是绝妙的良辰美景。

下阕"胜绝"是对上阕的概括。景物美极了,而"愁亦绝"。"绝"字重叠,就更突出了景美人更愁这层意思。而此情又不知向谁诉说。景与情落差千丈,用笔跌宕(dàng)多姿。结尾三句,又通过"两行低雁""画楼月"的映衬写出了人之愁苦。以淡景写浓愁,以良宵反衬孤寂,寓浓于淡,这种艺术手法是颇耐人寻味的。

想一想

1.我国古代所说的"植物四君子"是指梅、兰、竹、菊。

2.你能说出含有"梅"字的成语吗?如果这些成语有来历,你能给同学们讲讲吗?

你知道梅花是哪个月份开放的吗?除了梅花之外,你还能说出其他花的开放月份吗?

好事近
七月十三日夜登万花川谷望月作

杨万里

月未到诚斋①,先到万花川谷。不是诚斋无月,隔一林修竹②。

如今才是十三夜,月色已如玉。未是秋光奇绝③,看十五十六。

 看看下面的注释,你就知道它是什么意思了!

①诚斋:杨万里在江西吉水的书室,自名为诚斋。

②修竹:长而直的竹子。

《好事近》赏析

杨万里(1127—1206年),字廷秀,号诚斋,吉水(今江西吉安市)人。

这是一首咏月词。

上阕望月写景。开头两句,是说皎洁的月光还没有照进作者的书房,却先照到了"万花川谷"。作者用"未到"和"先到"巧设悬念,引人遐想。紧接着,"不是"二句使悬念顿解,原来,在他的书房前面有一片茂密的竹林,遮蔽了月光。所以作者就离开诚斋书房跑到万花川谷去赏月了。

下阕望月抒情。"如今"二句中"如玉"二字用巧妙的比喻,形象生动地描绘出碧空澄明、冰清玉洁的月色。"才"字与"已"字相呼应,将作者在"十三"的夜里欣赏到这样美妙的月景而喜出望外的心情充分地表达出来了。"未是"二句点明今夜还不是月色绝妙的时候,要赏月,须等到十五、十六的晚上。这两句笔墨看似平淡,却表现出一个不同凡响的艺术境界,说明作者对未来、对美有着强烈的憧憬和追求。

读一读

读一讯下面这些含"月"字的诗句:
床前明月光,疑是地上霜。

——李白《静夜思》

春风又绿江南岸,明月何时照我还。

——王安石《泊船瓜洲》

秦时明月汉时关,万里长征人未还。

——王昌龄《出塞》

你喜欢观赏月亮吗?你对它有多少了解呢?课外时多搜集一些相关的资料吧。

西江月
阻风三峰下

张孝祥

满载一船秋色,平铺十里湖光。波神留我看斜阳①,放起鳞鳞细浪。

明日风回更好,今宵露宿何妨?水晶宫里奏霓裳②,准拟岳阳楼上。

看看下面的注释,你就知道它是什么意思了!

①波神:水神。
②霓裳:指唐代流行的《霓裳羽衣曲》。

《西江月》赏析

张孝祥(1132—1169年),字安国,号于湖居士,历阳乌江(今安徽和县)人。

词的上阕着重写行舟遇阻的情况。开头两句,写风尚未起时的风光。"一船秋色"由作者的感受着笔,勾勒出季节特征,也透露出了作者行舟时愉快的心情。"平铺十里湖光"写出了湖面宽广、平静。"波神"二句写天气乍变,湖面上泛起鱼鳞般的波纹。下阕写停船后作者的心理活动。"明日风回更好",写他期待顺风行舟的心情。"何妨"二字,写出他在迫不得已的情况下"露宿"时的旷达胸襟。"水晶宫里"二句以浪漫主义的手法,通过丰富的想像,写出作者"明日风回"之后,将在"岳阳楼上"尽情欣赏洞庭湖的美景。

想一想

想一想下面各句分别运用了哪种修辞手法。

1. 满载一船秋色，平铺十里湖光。
2. 波神留我看斜阳，放起鳞鳞细浪。
3. 明日风回更好，今宵露宿何妨？
4. 水晶宫里奏霓裳，准拟岳阳楼上。

你能详细描述一下大雨来临的整个过程吗？把你想到讲给同学们听听。

谈着写一段描写雷雨降落过程的文字，充分运用五官的感受，准确把握不同阶段的特点。

永遇乐
京口北固亭怀古①

辛弃疾

千古江山,英雄无觅,孙仲谋处②。舞榭歌台,风流总被,雨打风吹去。斜阳草树,寻常巷陌,人道寄奴曾住③。想当年,金戈铁马,气吞万里如虎。

元嘉草草,封狼居胥④,赢得仓皇北顾。四十三年,望中犹记,烽火扬州路⑤。可堪回首,佛狸祠下⑥,一片神鸦社鼓。凭谁问,廉颇老矣,尚能饭否⑦?

 看看下面的注释，你就知道它是什么意思了！

①京口：今江苏镇江。

②孙仲谋：孙权，字仲谋，三国时吴国开国之君。

③寄奴：南朝宋武帝刘裕小名。

④元嘉：南朝宋文帝刘义隆年号。草草：仓促。封狼居胥：汉武帝元狩四年（公元前119年），霍去病远征匈奴，歼敌七万多，封狼居胥山而还。狼居胥山，在今内蒙古。

⑤四十三年：自作者南归至作此词时，已四十三年。扬州路：指淮南东路，治所在扬州。

⑥可堪：岂堪。佛狸祠：北魏太武帝拓跋焘字佛狸。

⑦"廉颇"二句：廉颇，战国时赵国名将。晚年跑到魏国，后来赵王想再用他，就派使者去探望。使者受廉颇仇人贿赂，回来报告赵王说："廉将军虽老，尚善饭，然与臣坐，顷之三遗矢矣。"赵王不复召用。

《永遇乐》赏析

辛弃疾(1140—1207年)，字幼安，号稼轩，历城(今山东济南)人。

这首词作于宋宁宗开禧元年（1205年）。当时，辛弃疾被韩侂胄起用为镇江知府，以作抗金旗帜。但是韩侂胄好大喜功，轻敌冒进。为此，辛弃疾向宋宁宗和韩侂胄提出了有益的建议，结果却招致韩侂胄等人的猜疑，不仅没有被委以重任，甚至还被借故调离了镇江。辛弃疾就是怀着这样深重的忧虑和一腔悲愤写下这首词的。

词的上阕赞扬在京口建立霸业的孙权和率军北伐、气吞胡虏的刘裕，表示要像他们一样金戈铁马为国立功。在这里，对孙权、刘裕创业、开拓的英雄业绩的缅怀与歌颂，正是对朝廷中主战派的期望

和投降派的讽刺。而在"英雄无觅"与"雨打风吹去"的叹惜中，不仅是作者对他们的仰慕，而且也隐含自己想和孙权、刘裕一样挥戈北伐、抗敌救国的心情。

词的下阕借讽刺刘义隆表明自己坚决主张抗金但反对冒进误国的立场和态度。最后还借廉颇自况，抒发未能实现自己抱负的感慨。

想一想

1. 这首词写了哪几个人物？作者写这几个人物的用意是什么？

2. 廉颇是战国时期赵国的名将。你能不能讲讲与廉颇有关的故事？

试着听听中国名曲《满江红》，谈谈此曲给你什么样的感受。并联系爱国英雄岳飞的故事，谈谈你对爱国主义的认识。

青玉案

元夕①

辛弃疾

东风夜放花千树,更吹落,星如雨②。宝马雕车香满路,凤箫声动,玉壶光转,一夜鱼龙舞③。

蛾儿雪柳黄金缕,笑语盈盈暗香去④。众里寻他千百度,蓦然回首,那人却在,灯火阑珊处⑤。

看看下面的注释,你就知道它是什么意思了!

①元夕:即元宵。
②"东风"三句:形容元夕灯火之盛。

③宝马雕车：华美的车马。凤箫：箫的美称。玉壶：指月亮。鱼龙舞：鱼灯、龙灯色彩缤纷。

④盈盈：形容女子仪态美好。暗香：借指美人。

⑤蓦然：忽然、突然。阑珊：冷落。

《青玉案》赏析

这首词是辛弃疾闲居江西上饶时所作。此词先着力渲染元宵节的夜景：灯光变幻万千，管乐动人心弦，车水马龙，一派繁华景象。接着再尽情描绘姑娘们盛装而来，欢声笑语。最后笔锋一转，多次寻觅不见踪影的意中人却在猛然回首的一瞬间于"灯火阑珊处"出现了。作者没有一句从明处着笔，但从前面极力铺陈的喧闹场景中，反衬出这个意中人超凡脱俗的形象，借以表明自己政治上失意后宁愿闲居也不肯同流合污的高尚情怀。

全词构思新颖，语言工巧，曲折含蓄，余味不尽。

学一学

晚清国学大师王国维曾在他的《人间词话》中提出了治学的三种境界。其中第三种境界就出自辛弃疾的这首词。

第一种境界：昨夜西风凋碧树。独上高楼，望尽天涯路。

第二种境界：衣带渐宽终不悔，为伊消得人憔悴。

第三种境界：众里寻他千百度，蓦然回首，那人却在灯火阑珊处。

你知道元宵节的来历吗？这一天，人们有哪些活动？

点绛唇

丁未冬，过吴松作①

姜夔

燕雁无心②，太湖西畔随云去。数峰清苦，商略黄昏雨③。

第四桥边，拟共天随住④。今何许⑤？凭阑怀古，残柳参差舞。

看看下面的注释，你就知道它是什么意思了！

①丁未：宋孝宗淳熙十四年(1187年)。吴松：今江苏吴江，为晚唐诗人陆龟蒙隐居的地方，陆龟蒙是姜夔最仰慕的诗人。

②燕雁：北来的鸿雁。

③商略:商量。此处是拟人用法。

④第四桥:在吴江城外,即甘泉桥。天随:陆龟蒙号"天随子"。

⑤今何许:今日我身在何处?

《点绛唇》赏析

姜夔(约1155—约1221年),字尧章,号白石道人,鄱阳(今江西波阳县)人。这首词为淳熙十四年(1187年),作者自浙江湖州前往苏州访问范成大,途经吴松所作。

此词深刻地表现出了姜夔"过吴松"时"凭阑怀古"的心情。

上阕写景。"燕雁""数峰"不仅写景状物出色,而且运用拟人化手法,使静物变活。

下阕因地怀古。"残柳参差舞",使无情物变成有情物,道出了无限沧桑之感。

全词委婉含蓄,引人遐想。

想一想

在古代诗词中,修辞手法的运用是十分普遍的,其中以比喻、夸张、拟人、对偶、反问等较为常见。请说出下面的句子各运用了哪种修辞手法。

1. 轻解罗裳,独上兰舟。
2. 洛阳亲友如相问,一片冰心在玉壶。
3. 燕雁无心,太湖西畔随云去。
4. 白发三千丈,缘愁似个长。

你看过动画片《猫和老鼠》吗?你认为它运用最多是哪两种修辞手法?

双双燕

咏燕

史达祖

过春社了①,度帘幕中间,去年尘冷。差池欲住②,试入旧巢相并。还相雕梁藻井,又软语商量不定③。飘然快拂花梢,翠尾分开红影。

芳径,芹泥雨润④。爱贴地争飞,竞夸轻俊。红楼归晚,看足柳昏花暝。应自栖香正稳,便忘了天涯芳信⑤。愁损翠黛双蛾⑥,日日画阑独凭。

看看下面的注释，你就知道它是什么意思了！

①春社：古代春季祭祀土神的日子。

②差池：燕子飞时尾翼参差不齐的样子。《诗·邶风·燕燕》："燕燕于飞，差池其羽。"

③相：细看。藻井：拼花彩绘之天花板。软语：指燕语呢喃。

④芹泥：种植芹菜的泥土，燕子常用以做窝。

⑤芳信：心上人的音信。

⑥翠黛双蛾：原指妇女的眉毛，此指思妇。

《双双燕》赏析

史达祖,字邦卿,号梅溪,汴(今河南开封)人。

这首词历来被推崇为咏双燕的杰作。作者饱含着感情,描绘了春社过后燕子双双飞回旧巢,轻盈俊俏的神态,也抒写了"日日画阑独凭"者所希冀和追求的那种自由、快乐、美满的生活。

上阕写双燕重归旧巢。下阕写双燕飞游的适意和楼中妇女的幽思。

全词构思精巧,刻画细腻。形象优美,委婉多姿。清新柔丽,不落俗套。

读一读

小燕子

小燕子,飞得高,
身上带把小剪刀。
上天去剪云朵朵,
下河去剪水波波,
剪根树枝当枕头,
剪块泥巴搭窝窝,
剪片树叶当被子,
宝宝睡得暖和和。

你家里有燕子窝吗？你知道燕子是怎么做窝的吗？燕子可是一种益鸟，能捕食大量害虫，同学们可要好好保护它们哦！

清平乐
五月十五日玩月

刘克庄

风高浪快①,万里骑蟾背②。曾识姮娥真体态③,素面原无粉黛④。

身游银阙珠宫⑤,俯看积气濛濛⑥。醉里偶摇桂树⑦,人间唤作凉风。

看看下面的注释,你就知道它是什么意思了!

①风高浪快:高空风浪速度很快。

②骑蟾背:骑在蟾蜍的背上。蟾蜍:癞蛤蟆。古代传说月宫里有蟾蜍。

③姮娥:嫦娥。

④粉黛：粉，装饰用的白色粉末，如脂粉。黛：青黑色的颜料，古代妇女用来画眉。

⑤银阙珠宫：华丽的月中宫殿。

⑥积气濛濛：层层的雾气，迷茫一片。

⑦桂树：传说月宫里有一株高大的桂树。

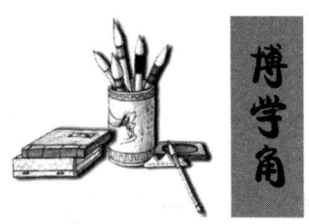

《清平乐》赏析

刘克庄(1187—1269年)，字潜夫，号后村，莆田(今属福建)人。

这首词是一首题材新颖、充满浪漫主义色彩的作品。作者运用丰富的想像，描绘了遨游月宫的情景。

上阕写飞向月宫。开头"风高浪快，万里骑蟾背"二句，是写万里飞行，前往月宫。"曾识"二字，用词奇巧，写明自己原与嫦娥相识。"素面原无粉黛"一句,以美人的"素面"来比皎洁的月色,形象性特强。

　　下阕写身到月宫,关心民生疾苦。"身游""俯看"四字,恰切地表达了作者俯视人间的情景。接着,以生花的妙笔,一下子与人间的疾苦挂起钩来:"醉里偶摇桂树,人间唤作凉风。"

写一写

在这首词中，表现了天上细微的一举一动会对人间产生很大影响的诗句是醉里偶摇桂树，人间唤作凉风。

2007年10月，我国发射了"嫦娥一号"绕月卫星，标志着中华儿女了解月球的真正开始。请你讲讲关于嫦娥和吴刚的神话故事。并和同学们探讨月亮上究竟有什么。

唐多令

吴文英

何处合成愁?离人心上秋①。纵芭蕉、不雨也飕飕②。都道晚凉天气好,有明月、怕登楼。

年事梦中休③,花空烟水流。燕辞归、客尚淹留④。垂柳不萦裙带住⑤,漫长是、系行舟。

看看下面的注释,你就知道它是什么意思了!

①心上秋:"心"与"秋"二字合成一个"愁"字。

②飕飕:风雨声。这里指风吹蕉叶之声。

③年事：指岁月。

④淹留：停留。

⑤裙带：指离去的女子。

《唐多令》赏析

吴文英(约1212—约1272年)，字君特，号梦窗，晚号觉翁，四明(今浙江宁波)人。

这首词是羁旅怀归之作。通过写眼前之景，抒发离别之情。

上阕写离愁。诗人满怀愁绪，害怕在月明之夜，登楼眺望。

下阕抒发别情。燕已归来，人却停留他乡。

全词构思新颖，语言明快，情感质朴。

想一想

在汉语中,一般的文字都是由象形、指事、会意、形声等方式构造的,请说说下面的字分别属于哪一种。如果不清楚,可以问问老师或同学之间讨论一下。

马　本　架　酒
旦　刃　蝴　鸣

请问你的名字有几个字?它们又分别是由哪种方式构造的呢?

摸鱼儿
酒边留同年徐云屋①

刘辰翁

怎知他、春归何处?相逢且尽尊酒。少年袅袅天涯恨,长结西湖烟柳。休回首,但细雨断桥②。憔悴人归后。东风似旧,问前度桃花,刘郎能记,花复认郎否③?

君且住,草草留君剪韭,前宵正恁时候④。深杯欲共歌声滑,翻湿春衫半袖。空眉皱,看白发尊前,已似人人有。临分把手,叹一笑论文,清狂顾曲⑤,此会几时又?

看看下面的注释，你就知道它是什么意思了！

①同年：同榜进士。

②断桥：在杭州西湖白堤上。

③"问前度"三句：刘禹锡诗："种桃道士归何处？前度刘郎今又来。"

④剪韭：杜甫《赠卫八处士》："夜雨剪春韭，新炊间黄粱。"这里指以家常便饭待客。恁：这样。

⑤顾曲：相传周瑜精通音乐，谣曰："曲有误，周郎顾。"

《摸鱼儿》赏析

刘辰翁(1232—1297年),字会孟,号须溪,吉州庐陵(今江西吉安)人。

这首词是送别友人的之作,作者送别的是与自己同榜中进士的友人徐云屋。此词不同于一般的送别词,除了抒写离愁别绪以外,还将当时的世事与境遇融入其中,因而内容更为深广。

上阕以问句发端,可见作者早已满腹愁思。接着以西湖风景,寄寓无穷的"天涯恨"。"东风似旧"四句,以一句痴问表达了深深的沧桑感。

下阕写依依送客之情,同时又兼及自己。

全词风格遒劲有力,笔势曲折顿挫。

读一读

下面是一些描写朋友送别的诗句:
1. 桃花潭水深千尺,不及汪伦送我情。
 ——李白《赠汪伦》
2. 故人西辞黄鹤楼,烟花三月下扬州。
 ——李白《送孟浩然之广陵》
3. 莫愁前路无知己,天下谁人不识君。
 ——高适《别董大》
4. 劝君更尽一杯酒,西出阳关无故人。
 ——王维《送元二使安西》

当你家来了客人的时候,你是如何招待客人的?对于素不相识的陌生人向你求助,你又该怎样办?

虞美人
听雨

蒋 捷

少年听雨歌楼上,红烛昏罗帐。壮年听雨客舟中,江阔云低,断雁叫西风①。

而今听雨僧庐下,鬓已星星也②。悲欢离合总无情,一任阶前,点滴到天明。

看看下面的注释,你就知道它是什么意思了!

①断雁:离群的孤雁。
②僧庐:僧房。星星:形容鬓发斑白。

《虞美人》赏析

蒋捷,字胜欲,号竹山,阳羡(今江苏宜兴)人。

这首词通过"听雨"这个媒介,以三幅象征性的画面,概括了作者少年、壮年、晚年三个时期不同的感受。

上阕先写"少年听雨",从红烛映照、罗帐低垂这样氛围中引发青春与欢乐的联想,抒发了"少年不识愁滋味"的情怀;再写"壮年听雨",以"客舟"为中心视点,而在四周点缀以"江阔""云低""断雁""西风"等衰飒意象,映现出在风雨飘摇中颠沛流离的坎坷遭际和悲凉心境。

下阕写"而今听雨"。作者晚年,历尽沧桑,人生悲欢离合,入眼成空。寄寓僧房,听阶前雨声,一无所动,任它"点滴到天明"。

全词曲折含蓄,意境深幽,耐人寻味。

想一想

这首词写了"少年听雨""壮年听雨""而今听雨"三个情景,请在原文中找出相应的句子。并记住它们。

你全家是不是会经常坐在一起聊天呢?你可以让你的爸爸妈妈、爷爷奶奶谈一下他们的生活感受,看看和你的生活感受有什么不同?

高阳台
西湖春感

张 炎

接叶巢莺①，平波卷絮，断桥斜日归船。能几番游？看花又是明年。东风且伴蔷薇住，到蔷薇，春已堪怜。更凄然，万绿西泠②，一抹荒烟。

当年燕子知何处？但苔深韦曲③，草暗斜川④。见说新愁，如今也到鸥边。无心再续笙歌梦，掩重门，浅醉闲眠。莫开帘，怕见飞花，怕听啼鹃。

看看下面的译文，你就知道它是什么意思了！

①接叶巢莺：莺筑巢在枝叶茂盛的树丛中。

②西泠：西湖桥名，在孤山西侧。

③韦曲：在长安，唐代诸韦世居于此。此处借指西湖文人雅士聚会处。

④斜川：在江西，此亦借指文人聚集地。

《高阳台》赏析

此词借咏西湖抒写亡国哀思。

上阕写景。"接叶巢莺，平波卷絮"两句用舒缓的笔调写出了春深时景，但已有萧飒的情味。"能几番游"以问句振起，抒发春去难归的感慨。"东风"三句写出留春不住之苦。"万绿西泠，一抹荒烟"二句最为沉痛。西泠桥原是一个极繁华之地,但现在只剩下"一抹荒烟",今昔这么一鲜明对比,极为生动地揭示了亡国的主题。

下片再以问句振起,又以"但"字领起,借"苔深""草暗"寓意繁华已尽;接着从鸥愁写人愁,从闲眠写难眠,末尾再以两个"怕"字表露作者内心深藏的悲痛。

全词章法井然,音调低沉,情深意切。

读一读，想一想

饮湖上初晴后雨

苏 轼

水光潋滟晴方好，

山色空蒙雨亦奇。

欲把西湖比西子，

浓妆淡抹总相宜。

张炎的这首词和苏轼《饮湖上初晴后雨》都写了西湖的景色，请问它们有什么不同？

你知道西湖在哪座城市吗？西湖有哪些著名的景点和历史典故，快给同学们讲一讲吧！